MISSION EN ITALIE

PAR

ANTOINE CABATON

ANCIEN MEMBRE DE L'ÉCOLE FRANÇAISE D'EXTRÊME-ORIENT
CHARGÉ DE COURS
À L'ÉCOLE DES LANGUES ORIENTALES VIVANTES

(Extrait du *Bulletin de géographie historique et descriptive*, N°s 1-2. — 1911.

PARIS
IMPRIMERIE NATIONALE

MDCCCCXI

MISSION EN ITALIE

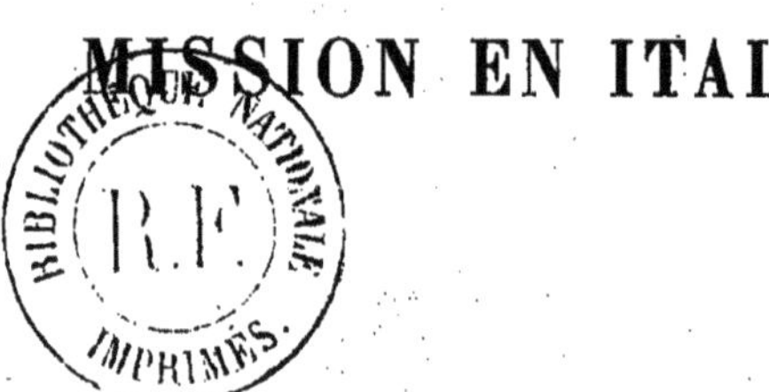

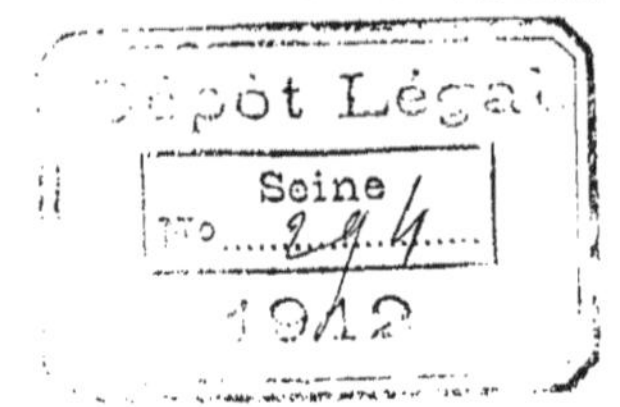

MISSION EN ITALIE

PAR

ANTOINE CABATON
ANCIEN MEMBRE DE L'ÉCOLE FRANÇAISE D'EXTRÊME-ORIENT
CHARGÉ DE COURS
À L'ÉCOLE DES LANGUES ORIENTALES VIVANTES

(Extrait du *Bulletin de géographie historique et descriptive*, Nos 1-2. — 1911.

PARIS
IMPRIMERIE NATIONALE

MDCCCCXI

MISSION EN ITALIE.

MONSIEUR LE MINISTRE,

J'ai l'honneur de vous adresser mon rapport sur la mission que vous avez bien voulu me confier en 1910, à l'effet de rechercher en Italie des documents relatifs à l'Indochine et plus particulièrement au Champa et au Cambodge aux XVIe et XVIIe siècles. Cette mission faisait suite à des études sur le même sujet effectuées en 1908 et 1909, tant en Espagne qu'en Portugal, grâce à votre haute bienveillance[1].

Le grand empire colonial fondé en Extrême-Orient par ces deux puissances aux XVIe et XVIIe siècles, les rapports qu'elles eurent avec notre actuel domaine asiatique, la tentative qu'elles avaient esquissée pour nous y prévenir, expliquaient la prééminence accordée à leurs archives. Les nombreux documents que j'ai recueillis au cours de deux missions tant à Séville, Lisbonne, qu'à Madrid et Barcelone, etc., montrèrent tout l'intérêt de l'entreprise.

L'Italie réclamait, semble-t-il, une curiosité presque aussi attentive. J'étais d'abord certain de retrouver à Rome les originaux de pièces dont je n'avais pu me procurer à Lisbonne que des copies abrégées, et j'escomptais plus d'une heureuse découverte dans les archives d'un pays qui n'a jamais cessé d'être en étroite relation avec l'Orient et l'Extrême-Orient, soit au point de vue commercial, soit surtout dans un but de prosélytisme religieux.

En effet, si l'Italie, absorbée du XVe au XVIIe siècle par ses luttes intérieures et le splendide épanouissement de la Renais-

[1] Cf. *Bulletin de géographie historique et descriptive*, année 1910, n°s 1 et 2, p. 15-36.

sance, ne put faire flotter ses couleurs sur aucune terre asiatique, par Rome elle les pénétra toutes et, par des enquêtes individuelles, elle les connut avant et souvent beaucoup mieux que l'Espagne et le Portugal. Héritière du grand empire romain avec Byzance, à travers la tourmente des invasions germaniques, elle garda toujours les yeux tournés vers le bassin de la Méditerranée et l'Orient. Dès le moyen âge, avec Pise, Gênes, puis Venise, elle y domina commercialement parlant; surtout elle posséda la puissance mondiale par excellence, instigatrice des Croisades et des Missions : la papauté.

Il est à remarquer d'ailleurs qu'en aucun temps, et si acharnées que fussent les guerres, les relations entre l'Europe et l'Orient ne furent interrompues; plus particulièrement suivies avec l'Asie Mineure, elles avaient toutes pour objet de recueillir et transporter en Occident les produits de l'Inde et de la Chine, connus et convoités de temps immémorial par tous les États de l'Asie moyenne : Assyrie, Babylonie, Perse, Arabie. A travers ces pays âpres et pauvres, les caravanes traçaient un sillon d'or et de civilisation, et, suivant que les circonstances extérieures les forçaient à se déplacer, les cités naissaient et mouraient sur leur route, comme Palmyre, Pédra, Taïf et la Mecque.

L'Abyssinie, qui détournait au passage une partie de ce transit, lui dut sa sortie de la barbarie et sa prospérité. Quand les querelles incessantes de la Perse forcèrent les caravanes à prendre le chemin des déserts arabiques, ce furent elles qui, en créant l'avisée et riche république marchande des Qoréichites à la Mecque, merveilleuse école de gain et de diplomatie, rendirent possible Mahomet qui en sortit, et par lui le grand rôle politique de l'Arabie.

Il est vrai que l'expansion de l'Islam fut fatale aux grands ports de l'Italie méridionale : Amalfi, Bari, Salerne, qui avaient espéré garder tout le trafic méditerranéen; mais Pise, Gênes, surtout Venise, mieux à l'abri des coups de main venus des Sarrasins de l'Afrique, prirent la place de leurs sœurs déchues. Tandis que les deux premières s'efforçaient de refouler les Musulmans, leur reprenaient la Sardaigne, la Corse et dominaient à nouveau dans la Méditerranée africaine, Venise, la double et souple cité, abritée derrière ses lagunes, dès le XIe siècle était maîtresse de l'Adriatique. Reliée à Constantinople par une vassalité flottante qu'elle resserrait ou dénouait au gré de ses intérêts, elle avait obtenu de sa suzeraine le privilège énorme et exclusif de commercer dans tous les ports et marchés de l'empire grec sans être soumise à aucune taxe ou contrôle douanier. C'est ainsi qu'elle devint, seule, l'habile courtière en Europe des épices de l'Inde, des tapis de la Perse, des soies de la Chine.

La prise de Jérusalem par les Turcs (1076) faillit tout changer pour elle : mais la ruée brutale de l'Occident sur l'Orient dans près de deux siècles de croisades eut malgré tout le résultat d'établir des rapports encore plus nombreux et tolérants entre les deux forces adverses : Pise, Gênes en profitèrent pour jalonner à côté de Venise toute la côte syrienne et palestinienne de leurs comptoirs.

Toutefois les croisades rejetèrent dans l'ombre leur action trop restreinte et égoïste au profit de l'Église de Rome, qui désormais réglera l'intervention italienne en Orient. A vrai dire, le christianisme qui en était sorti, dès qu'il se fut affermi en Occident, avait toujours cherché à étendre son domaine vers les contrées d'où il était parti. Les enquêtes et prédications de l'Église s'étaient tout d'abord portées sur les pays bibliques pour s'étendre bientôt à ceux de la Scythie et de la Sogdiane, puis de la Perse, de l'Inde, à Ceylan, au Pégou, à la Chine. Dès 325, Jean, évêque de Perse et de la Grande Inde, avait participé au concile de Nicée; saint Jérôme, dans ses lettres, mentionne de nombreux moines chrétiens dans l'Inde; ceux de Cachemire, s'il faut en croire d'Anville, envoyèrent une fois en présent à l'empereur Justinien certains tissus de soie.

Les papes s'emparèrent bientôt de ce mouvement pour lui donner une force d'extension, une cohésion et une discipline qu'il n'avait pas eues jusque-là. Dans l'espoir de les lancer sur les Musulmans, les premiers, ils envoyèrent des ambassades aux souverains Mongols; ils en adressèrent en Moscovie, en Tartarie au XIIIe siècle; les lettres qu'ils reçurent de ces divers princes, plus encore les curieuses relations de voyage de leurs propres envoyés, toutes soigneusement conservées, constituent encore aujourd'hui une documentation de premier ordre.

Parmi ces relations, il convient de mentionner celle de Giovanni di Montecorvino (1291), celle d'André de Pérouse, plus encore celle d'Odoric de Pordenone, si riches en informations de toute espèce sur l'Arménie, la Perse, l'archipel Indien, la Chine, la Mongolie, le Tibet.

La création des grands ordres mendiants des Franciscains et des Dominicains au XIIIe siècle permit d'envoyer dans tous ces pays des missionnaires pour les convertir au christianisme. Celle des Jésuites, des Capucins, des Carmes, donna au mouvement une ampleur extraordinaire. Sous Urbain VIII, les Théatins se feront leur part en Chine, dans l'Inde et prêcheront les premiers l'Évangile à Bornéo; les clercs réguliers de Saint-Paul s'occuperont plus spécialement de la Birmanie, des royaumes de Pégou et d'Ava sur lesquels leur plus illustre évêque, Mantegazza, à la fin du XVIIIe siècle, et les PP. San Germano et Amati nous ont laissé de précieuses informations.

Les fils de saint Vincent de Paul, plus connus sous le nom de Prêtres de la mission et, plus tard, de Lazaristes, se consacrèrent surtout à la Chine, tandis que les Missions étrangères y ajoutaient le soin de l'Indochine et de la Malaisie.

Un immense réseau de religieux de tout ordre et de toutes couleurs, qui avait son centre à Rome et dont le nombre et les compétitions allaient très souvent faire échouer l'œuvre, se répandit sur toute l'Asie. La plupart de ces religieux avait pu se préparer à l'évangélisation dans des collèges spéciaux à l'aide des manuels, grammaires, lexiques ou simplement relations envoyées par leurs devanciers.

Dès 1333, les Dominicains décidaient de créer deux couvents pour l'étude des langues orientales à Péra et à Caffa, études qui florissaient déjà dans leur couvent de Tauris en Perse.

Les Franciscains, à peine fondés, eurent en Orient des provinces régulières et des vicariats où l'on étudiait les diverses langues de la province.

Les Jésuites, avec leur remarquable habileté pédagogique et diplomatique, portèrent le procédé à sa perfection, tant en Chine que dans l'Inde où leur collège de Vaipicotta est resté célèbre.

L'élan de tous ces missionnaires était aidé, mais aussi réglé et contrôlé, par la célèbre Congrégation de la Propagation de la Foi, sorte de consulta cardinalice projetée par Grégoire XIII, que réalisa seulement Grégoire XV en 1622, à l'instigation de Girolamo de Narni. Il lui assigna des fonds pour faciliter l'éducation et le labeur des missionnaires. De là sortit, sous Urbain VIII, le «Collegio Urbano di Propaganda Fide».

Ce grandiose collège d'élèves de toutes les nations les armait au mieux pour leur apostolat lointain. Chose plus intéressante au point de vue de mes recherches, il n'en laissait partir aucun sans lui enjoindre — au moins au chef de la mission, sinon à tous les membres — de tenir un journal détaillé et descriptif des chemins et pays par où il passerait, de tout ce qu'il y verrait d'intéressant au sujet des mœurs, coutumes, religions, produits et avenir commercial. Car il ne faut pas oublier que presque toutes les missions se doublaient d'une sorte de compagnie de commerce qui leur permettait quelquefois de subsister dans les mauvaises heures quand les dons de la métropole se raréfiaient. et qui souvent les enrichit, les ruina parfois encore.

La masse d'enquêtes ainsi menées se centralisait à Rome, à la Propagande. Elles sont naturellement d'un mérite inégal et valent exactement ce que vaut l'enquêteur. Beaucoup sont trop remplies, au gré de notre curiosité profane, de pieuses considérations, de questions théologiques, de démêlés de couvents; les observations extérieures sont quelquefois déviées par les croyances religieuses de l'observateur; néanmoins, en règle générale, elles sont dues à des esprits distingués, hardis, soucieux de bien voir pour faire profiter leurs successeurs de leur expérience. De plus, comme les missionnaires séjournaient longuement parmi les peuples qu'ils voulaient évangéliser, s'efforçaient de parler leur langue, de s'assimiler autant que possible leurs usages, ils les ont presque toujours bien connus, souvent aimés; de sorte que leurs rapports constituent une mine d'informations tout à fait importantes aussi bien sur la géographie, la physique, la botanique, l'histoire naturelle, que sur l'archéologie, l'histoire, la linguistique, les religions, mœurs et coutumes des principaux peuples de l'Extrême-Orient, et en ont dans une large mesure facilité la connaissance aux orientalistes de carrière.

Ils envoyèrent enfin, chaque fois qu'ils le purent, à Rome, nombre de livres et de manuscrits des pays où ils vivaient; de sorte que si les archives du Saint-Siège au Vatican, et de la Propagande en particulier, recèlent de nombreuses relations d'un haut intérêt, leurs bibliothèques sont riches en livres chinois et japonais, manuscrits tamouls, sanscrits, birmans, pégouans, khmèrs, annamites, malais, javanais, etc.

Leur seul défaut jusqu'ici pour les chercheurs fut leur discrétion à s'ouvrir; car, suivant le mot d'un de leurs lointains admirateurs, «son troppo cosa sacra e non se ne presterebbero le chiavi».

Ainsi avais-je l'espoir de recueillir en Italie presque autant de documents qu'à Lisbonne et à Séville, quitte à élargir le champ de mes recherches et à glaner sur ma route tout ce que je trouverais se rapportant à l'Indochine et à ses relations avec les autres pays de l'Extrême-Orient, Inde, Insulinde, Chine, Japon.

Bien décidé à consacrer un bon tiers de mon temps à Rome, je résolus, comme lors de mon premier voyage en Espagne et en Portugal, d'employer le surplus à dresser une liste aussi générale que possible des documents sur l'Indochine et l'Extrême-Orient conservés dans le reste de l'Italie. La tâche me fut d'ailleurs facilitée par l'accueil unanimement courtois que j'ai reçu partout, l'aide tout active et fort compétente que m'ont prêtée à diverses reprises les bibliothécaires et archivistes avec lesquels j'ai été en rapport, les excellents catalogues que j'ai presque partout trouvés et qui ont beaucoup suppléé à la brièveté des heures de travail en ces temps de vacances.

Turin. — Si le Piémont a produit de remarquables orientalistes, aucune raison historique ne semblait le désigner comme détenteur de matériaux propres aux études spéciales de ceux-ci. Aussi ai-je eu une très agréable surprise et une sincère admiration, à la Bibliothèque nationale de Turin, devant un objet assez généralement ignoré, je crois, des cartographes et qui mérite une mention spéciale, moins encore par sa valeur artistique que par les données qu'il nous fournit sur la géographie de l'Extrême-Orient au xvie siècle.

C'est une sphère d'acier de 1 m. 75 de circonférence, due à Francesco Pilizzoni ou Pellicioni *dit* Il Basso, Milanais de naissance. Elle porte dans un cartouche la légende suivante : FRANCI ‖ SCVS· ‖ BASSVS· ‖ MEDIOLA ‖ NENSIS· ‖ FECCIT· ‖ 1570 ‖ Mobile autour d'un axe maintenu, sur un bâti d'acier orné de dessins d'or et fort élégant, par un cercle perpendiculaire fixe qui peut coïncider avec tous les méridiens, elle tourne dans un équateur gracieusement niellé d'or et d'argent. Sur la sphère elle-même sont tracés un équateur divisé en degrés, des méridiens, des lignes qui marquent les latitudes, l'écliptique, les tropiques, le tout en or. Quelques vaisseaux voguant à pleines voiles sont distribués sur les mers. Celles-ci sont d'acier bruni, tandis que les écritures, les continents et les îles sont d'or ou d'argent plaqué.

Je me propose de donner une description détaillée, en ce qui concerne l'Extrême-Orient, de ce précieux monument de la géographie ancienne dans le *Bulletin de la Commission archéologique de l'Indochine*. Qu'il me soit déjà permis de dire que la connaissance de ce globe sera sans doute très utile pour identifier par comparaison un certain nombre de noms géographiques. On remarque dans la partie qui intéresse mes études plusieurs noms de lieux reconnaissables à première vue : Aborela, Ava, Bintão, Cambaia, Cernauta, Comar, Giapon, Java, Pego, Samotra, Syamba, Timor, etc., et d'autres plus difficiles à identifier : Ardacui, Bibaloni, Bochimbo, Calandradura, Cirradia, Falacori, Mirappore, Mocui, etc.

Gênes et Pise. — Ces villes se sont occupées, à l'époque de leur puissance, surtout de la Méditerranée africaine et de l'Asie Mineure; aussi toutes les relations de voyage que j'y ai pu feuilleter n'intéressent guère mon sujet. Je signale cependant en passant un catalogue des manuscrits arabes de l'Université de Gênes de la main de Silvestre de Sacy : il a été publié par ordre du Ministre de l'Instruction publique d'Italie, dans le *Bollettino italiano degli studi orientali*, n° 21, pp. 410-2.

Mes recherches à l'« Archivio di Stato » de Pise ont été vaines.

Modène. — La Bibliothèque communale et la « Bibliotheca Estense » renferment plusieurs relations de voyage en Asie assez importantes, surtout dans la première, une belle collection des « Lettres annuelles » de la Société de Jésus et des cartes d'Asie dressées par G. Cantelli.

On conserve au R. Archivio (Dispacci degli Oratori esteri) *Quattro lettere in data del 1501 scritte parte da Lisbona e parte da Orano e dirette al duca di Ferrara*. Ces lettres, qui ont pour auteur Alberto Cantino, « oratore » du duc de Ferrare, sont fort riches en détails peu connus sur les découvertes des Espagnols et des Portugais et spécialement le voyage de Vasco de Gama aux Indes.

Parme. — La «Bibliotheca Palatina», d'une richesse assez disproportionnée à l'importance actuelle de Parme et qui évoque une glorieuse vie dans le passé, outre des manuscrits arabes dont un magnifique Coran, recèle de vieilles cartes, fort intéressantes pour l'histoire de la géographie des pays d'Orient, dues aux frères Pizzigani de Venise.

Milan. — Mes recherches ont été facilitées par l'accueil très cordial et la grande compétence du préfet de la bibliothèque Ambrosienne, Mgr Ratti. J'y ai pris copie d'une lettre adressée, le 20 octobre 1580, de Goa au Provincial des Jésuites, et qui m'a procuré quelques éclaircissements inattendus pour la *Relation brève et véridique des événements du Cambodge* du P. Fr. Gabriel de Saint Antoine; d'une autre lettre de Cochin relative aux événements des Indes et pays voisins, écrite par le P. Doarte Leiton le 4 janvier 1581; enfin, de deux rapports donnant des nouvelles des Moluques, de Malaca, de la Chine et du Japon datés de Cochin, 14 janvier 1587.

L'Ambrosienne possède encore cinq manuscrits sur olles ou feuilles de palmier : trois textes du Canon bouddhique dont le premier, écrit en *mul* cambodgien, est un fragment d'un commentaire sur le *Vibhaṅga* (Exégèse), deuxième livre de l'*Abhidhamma-Piṭaka* ou Bible de métaphysique; deux textes du même canon en birman (20 olles) et en singhalais (8 olles); deux textes en télugu. Il s'y trouve encore quelques livres chinois et plusieurs cartes et portulans anciens.

Je me permets de signaler encore l'acquisition récente d'une belle collection de manuscrits arabes venus du Yémen, et dont le catalogue se poursuit par les soins de Mgr Ratti.

Vérone. — Les importantes archives de la Bibliothèque communale et la bibliothèque elle-même ne m'ont rien donné.

Brescia. — Cette jolie ville m'a réservé un pénible mécompte. La bibliothèque Quérinienne, riche de 80,000 volumes, où j'espérais trouver quelques livres anciens, était livrée aux maçons et son bibliothécaire parti en vacances.

Padoue. — Malgré son ancienne université et ses cours de langues orientales qui supposent certainement des livres et des manuscrits curieux pour moi, Padoue m'a encore déçu. Deux jours de fêtes consécutifs m'ont interdit tout travail, de sorte que, le temps me pressant, je n'ai pu jeter qu'un trop hâtif coup d'œil dans ses bibliothèques pour pouvoir affirmer que d'autres n'y verront pas davantage.

Venise. — Ce que j'ai trouvé à Venise en moins de deux semaines m'a fait regretter de ne pouvoir y rester plus longtemps : je suis persuadé qu'un séjour et une attention prolongés permettraient de glaner des documents pleins d'intérêt, tant à la Bibliothèque de Saint-Marc qu'aux Archives d'État.

A la «Biblioteca Marciana» j'ai pu étudier une remarquable collection de cartes anciennes et de portulans, diverses relations de voyages en Extrême-Orient, une relation des victoires du roi Emmanuel dans l'Inde et à Malaca, des documents relatifs à Marco Polo, Pigafetta, Francesco Pipino de Bologne, etc., et la *Storia do Mogor* de Niccolò Manucci, écrite partie en portugais, en italien et en français.

Les mésaventures aussi injustes que regrettables arrivées à l'œuvre de Manucci et la façon dont il a été en quelque sorte dépouillé du fruit de son travail sont peu connues. Il paraît que la copie du manuscrit original qui servit au P. François Catrou à écrire son *Histoire générale de l'empire du Mogol depuis sa fondation. Sur les Mémoires portugais de M. Manouchy, Vénitien* (Paris, 1705, in-4°), fut utilisée à l'insu de Manucci qui s'en plaignit toute sa vie. Quoi qu'il en soit, le P. Catrou, dans la préface de son ouvrage, se borne à dire que le manuscrit du voyageur vénitien lui a été communiqué par M. des Landes, fonctionnaire français à Pondichéry. Il est juste de remarquer que le P. Catrou se servit du livre de Manucci d'une façon toute partielle, complétant sa documentation à d'autres sources; mais l'ouvrage qu'il écrivit ainsi parut rendre inutile celui de Manucci, né de longues recherches sur place. Rongé de misère et de chagrin, le malheureux médecin vénitien s'en alla mourir en Portugal.

Dans l'*Indian Texts Series*, M. William Irvine a donné une traduction de la *Storia do Mogor*, précédée d'une introduction et de notes[1];

[1] *Storia do Mogor or Mogul India, 1653-1708, by Niccolaò Manucci, Venitian.* Translated with introduction and notes by William Irvine, Londres, Murray, 1907-1908, 3 vol. in-8°.

il a décrit en trente-six pages et de façon excellente les manuscrits de Manucci; aussi me suis-je seulement attaché à la partie française qui m'a paru bien mériter d'être publiée telle quelle. Elle a une réelle valeur d'observation, son auteur étant un homme d'une intelligence curieuse et cultivée; en outre, les dessins au trait ou au lavis, vraisemblement dus à un indigène, qui représentent des scènes religieuses, des types, costumes ou ustensiles, sont d'une vérité parlante.

A la Bibliothèque de Saint-Marc, je signale encore aux spécialistes une superbe collection de documents turcs et la carte turque en forme de cœur de Hadji Ahmed. Elle date de 1559, comprend le monde connu d'alors, est gravée sur quatre planches de poirier; elle provient des Archives du Conseil des Dix. Exécutée d'après des données orientales, elle mériterait certainement, pour la partie affectée aux pays de l'Extrême-Orient, une attention plus minutieuse que celle que j'ai pu lui accorder.

Au R. Archivio di Stato, j'ai recueilli un certain nombre d'informations très appréciables sur l'Extrême-Orient par l'examen des index des recueils et collections suivants :

I. Archivio dei Cinque Savî alla Mercanzia. Indice della serie «Diversorum». Consoli, lingue orientali.

II. Indice dei Cerimoniali. China, Giappone.

III. Dispacci degli ambasciatori veneti al Senato. Dispacci degli ambasciatori ed altri rappresentanti veniti all' Estero.

IV. Indice alfabetico per località delle relazioni di tutti i pubblici rappresentanti Veneti.

V. Relazioni ambasciatori, rettori e cariche da mar ed elenco delle stampate.

VI. Portogallo. Relazioni di Tiepolo Antonio (1572), Zane Matteo (1581), Belegno Cattarino (1670).

VII. Spagna. Relazioni di Querini Vincenzo (1506), Mocenigo Pietro (1540).

J'ai trouvé aussi quelques notes relatives au commerce des épices et au monopole de celles-ci en Extrême-Orient; un mémoire sur la visite d'un envoyé de la Chine à Venise (14 décembre 1652) et la narration de la présentation au Doge de l'ambassade japonaise envoyée en Italie auprès de Grégoire XIII; venue des ambassadeurs japonais au «Collège», ils remercient le doge, lui offrent de riches présents d'armes et d'étoffes; réponse que leur fait le doge (7-28 juillet 1585).

Notons enfin une «Dépêche du P. Ludovic Sotelo et du P. F. Faxecura, envoyés du Japon à Sa Seigneurie Vénitienne, 6 janv. 1616» [ils furent martyrisés à leur retour au Japon]; une «Délibération du Sénat au sujet d'un présent à faire à l'envoyé du Japon (une chaîne d'or avec médaille de saint Marc), 23 janvier 1616»; des «Lettres des envoyés japonais à Sa Seigneurie Vénitienne, 23 janvier 1616».

Bologne. — A Bologne, à mon grand regret, je n'ai pas eu la bonne fortune de rencontrer le savant orientaliste qui professe à l'Université de cette ville, M. le comte Pullè. J'ai cependant pu consulter une série de documents relatifs à la Chine émanant de religieux français. Même s'ils avaient été décrits ailleurs, je crois bon néanmoins d'en donner la liste :

Catalogus librorum de rebus Sinensium et Japoniae editorum.

De rebus Sinicis opera varia quae Claudius Visdelouus e S. J. Epũs Claudiopolitanus exaravit ac Mss. a Joanne Frañco Fouchet S. J. Epũs Eleutheropolitanus in ordinem redacta, et DD. Ilñio Dño Nrõ Benedicto XIV hujus munificentia in Bibliotheca Vaticana asservantur.

Historiae Sinicae. Synopsis libri sinensium historici, annales, classici, et canonici lat. versi interpretatione notis, commentarijs, elucidationibus, ex=mine (*sic*), et criticis observationibus illustrati.

Explication de la nouvelle table chronologique de l'histoire chinoise (Sur une nouvelle table chronologique de l'histoire chinoise publiée récemment par le P. Foucquet, jésuite, aujourd'hui évêque d'Eleutheropolis). [Contient un mémoire sur le cycle duodénaire et son origine.]

Réflexions sur une dissertation où l'on examine l'antiquité et la certitude de la chronologie chinoise. Discours préliminaire par monseigneur Fouquet, évêque d'Eleutheropolis, où l'on donne une idée générale de ce que contiennent les «kings» et où l'on établi (*sic*) les principes pour distinguer la vraie de la fausse chronologie.

Christianae religionis monumentum (Inscription chrétienne de Si-ngan Fou : description, traduction, etc.). A la suite : Description chinoise de l'empire romain.

Vita Confusij philosophi. — Expositio nonnulorum factorum super ceremoniis, ritibus, oblatibus, seu sacrificiis Sinarum erga progenitores defunctos labore ac studio P. F. Caroli Horatii a Castorano. — De ceremoniis et musice; salutandi rite Imperatoris caeremoniae.

Outre les documents ci-dessus, la Bibliothèque de l'Université possède encore une collection de manuscrits tamouls sur olles assez importante.

A la Bibliothèque communale de Bologne on conserve un exemplaire de la rarissime *Relatione della nuova missione delli PP. della Compagnia di Giesù al regno de la Cocincina, scritta dal Padre Christoforo Borri, Milanese, della medesima Compagnia, che fù uno dei primi che entrorono in detto Regno. Alla Santità di N. S. Urbano PP. Ottavo.* In Roma ed in Bologna, per Francesco Cataccio, 1631. Con licenza dei superiori. In-8°, 218 pages.

Cette édition diffère beaucoup de celle de Rome (chez Francesco Corbelleti, 1631, in-8°, 231 pages), qu'on rencontre dans la plupart des grandes bibliothèques.

Florence. — A Florence, mes recherches ont été un peu contrariées par l'extrême chaleur qui avait fait fuir dans la montagne quelques savants spécialistes dont j'escomptais certains éclaircissements. Toutefois le bon accueil reçu à la Bibliothèque nationale centrale et la grande libéralité des PP. Franciscains du collège de Saint-Bonaventure à Brozzi-Quaracchi, près Florence, m'ont permis de voir ce que je souhaitais et de recueillir une copieuse documentation.

A la Bibliothèque nationale, j'ai pu examiner une relation d'un voyage aux Indes orientales fait par « un tal Niccolò » (Niccolo Conti ?) et copiée par le célèbre orientaliste Poggio de Florence;

Des lettres écrites de l'Inde par Francesco Sasseti, marchand florentin, qui fut sans doute un des premiers Européens qui s'essaya à l'étude du sanscrit en traduisant un livre de médecine. La plupart de ces lettres sont originales, les autres sont des copies.

Mon attention a aussi été retenue par un atlas chinois du XVIe siècle. En voici la description :

Atlas sinicus, sive regni Sinarum descriptio geographica in ipso Sinarum regno impressa charta ex carachteribus (*sic*) sinicis.

Ad calcem adiectae sunt explicationes Italicae contentorum in una qualibet tabula chorographica per Francescum Carlettium.

Spiegazione delle suddette tavole geografiche cinesi fatta da Francesco Carletti, e scritta di sua propria mano.

L'atlas et les «spiegazione» forment deux volumes in-4° écrits au XVIe siècle. On lit encore cette note, à propos de cet atlas :

Dice che il secundo tomo di quell'atlante e intitolato *quiù*, pianto, civè confini o frontiere di tutte le provincie, e di è ancora la descrizione del regno di Corea. Dice che si è fatto fare questa dichiarazione da un suo amico cinese.

Cet atlas m'a paru digne d'intéresser un sinologue.

J'ai vu aussi une traduction italienne de l'ouvrage du P. Manuel Godinho, *Relação do novo caminho*. . . , qui décrit les pays qu'on voit allant de l'Inde au Portugal. En voici le titre :

Godignio (Pad. Manoel. . .), *Relazione del nuovo camino che fece per mare e per terra nel 1663 veniendo dell'Indie in Portogallo.* Ms. in-fol. du XVIIe siècle.

Diverses relations relatives à la presqu'île de Malaca : l'une est la copie d'une lettre écrite de Malaca à un «fr. Zuanne dei Santi» en 1511, et qui donne des détails sur les nouvelles victoires des Portugais. Un autre ms. renferme un *Viaggio dell'Indie di Calicut e di Mallacca*, par Giovanni da Empoli, et deux lettres du même à son père. L'une a été imprimée dans Ramusio, mais la seconde est probablement inédite et j'en ai pris copie : elle renferme de curieux détails sur la prise de Malaca et l'établissement des Portugais dans la presqu'île Malaise.

Un mémoire intitulé : *Commercio reciproco fra i paesi della dominazione di Portogallo ed esito delle mercanzie dei suddetti paesi, ne paesi forestieri.* C'est un ms. in-fol. du XVIIe siècle qui provient de la série Panciatici, très riche en informations variées et particulièrement géographiques.

Florence possède encore de nombreux manuscrits sanscrits et des documents turcs.

A Brozzi-Quaracchi, le P. Bihl a bien voulu résumer pour moi la partie inédite de l'*Orbis seraphicus*, c'est-à-dire le chapitre IX : *De missionibus ad regna sinarum, Siami, Cocincinae et Tunchini.*

Le P. Dei a eu l'obligeance de me copier, aux archives du couvent des Franciscains de Fiesole, le voyage d'un missionnaire franciscain en Chine (1697-1700), celui du P. Antonio Laghi da Castrocaro, encore inconnu malgré son renom parmi ceux de son ordre.

Le P. Golubovich m'a donné de nombreuses indications bibliographiques qui me seront d'un grand profit.

Enfin je dois à l'« Archivum franciscanum historicum » des notices de grand intérêt sur les missionnaires établis au Cambodge, Cochinchine et Tonkin, au temps de la puissance portugaise.

Sienne. — Malgré la richesse de la Bibliothèque communale, qui compte plus de 80,000 volumes, — plusieurs sont très rares, — j'ai dû me contenter de cueillir quelques menus faits ayant trait à mes recherches dans divers livres anciens.

Pérouse. — Pérouse ne m'a pas été plus favorable.

Assise. — Les Franciscains ayant été des premiers à parcourir, dans un but religieux, l'Indo-Chine, j'estimais trouver des documents à Assise, leur berceau. En effet, j'ai été à même de préparer une bonne bibliographie du sujet et de consulter des collections que j'aurais vainement cherchées ailleurs.

Rome. — Tout cela était peu, comparé à ce que j'espérais trouver à Rome, étant donné le rôle mondial de la papauté aux xve, xvie et xviie siècles, son entier pouvoir de direction ou de contrôle dans les affaires religieuses et même politiques des Européens en Asie. Mes prévisions en la matière n'avaient donc nul caractère d'hypothèse, tout au plus de simples certitudes. Aussi je n'ai pas été fort étonné de les voir réalisées avec une ampleur presque déconcertante : quoique j'aie consacré un bon tiers de mon séjour en Italie à Rome, je ne saurais me flatter d'y avoir fait un examen complet de toutes les richesses en la matière.

La Bibliothèque Victor-Emmanuel, fondée en 1875 et formée en réunissant à la magnifique bibliothèque du Collège romain (autrefois bibliothèque des Jésuites) celles de plusieurs monastères; la Bibliothèque Casanatense, qui date de 1698 et est l'une des plus riches après la Vaticane parmi les anciennes bibliothèques de Rome; la Bibliothèque et les Archives de la Propagande et du Vatican m'attiraient à des titres et des degrés divers. Il est certain que les deux premières ne pouvaient renfermer des richesses comparables aux deux autres qui, depuis des siècles, centralisent tous les renseignements des missions en Orient et en Extrême-Orient.

Partout ailleurs j'ai reçu l'accueil le plus bienveillant : je dois, en particulier, une réelle reconnaissance au R. P. Ehrlé, préfet de la Bibliothèque Vaticane, et à Mgr Ugolini, archiviste du Vatican, qui, malgré les vacances, ont bien voulu m'ouvrir les portes et m'autoriser à travailler à loisir dans leurs splendides collections.

A la Propagande, j'ai été moins heureux : l'absence du cardinal Borgia, conservateur des archives, a fait aboutir mes pourparlers à une lente fin de non-recevoir, qui n'a eu d'ailleurs nullement le caractère d'un refus et laisse le champ ouvert à d'autres espérances. Ce que j'ai pu connaître de ces archives, très supérieures encore, en ce qui concerne mes travaux, à celles du Vatican, m'a fait amèrement regretter de ne pouvoir patienter un mois de plus à Rome.

La documentation que j'ai recueillie dans tous ces dépôts est trop copieuse pour que je puisse l'énumérer pièce à pièce : je me contenterai pour le moment de donner un tableau des plus notables sources où j'ai puisé et la liste des principaux manuscrits orientaux qu'il m'a été loisible d'examiner.

I. Bibliothèque du Vatican.

a. *Livres imprimés :* Relations de voyage en Extrême-Orient. J'en ai dressé une liste et fait des extraits.

b. *Manuscrits :* Missions du Cambodge, de la Cochinchine, du Laos, de l'Annam et du Tonkin.

Missions des Indes orientales, de Malaca, du Siam, de la Birmanie, de la Chine et du Japon.

Exposé des droits légitimes et raisonnables que le roi Philippe [II] a à la succession du roi de Portugal, 1580.

Énumération des royaumes que le roi de Portugal a dans les pays d'Orient, les milices qui les gardent, les articles de vente tirés de ces royaumes.

c. *Manuscrits de la Barberine :* Documents relatifs à la Chine.

d. *Manuscrits sur olles et sur papier provenant du Musée Borgia de la Propagande :* sanscrits, pālis, singhalais, tamouls, télingas, uriyas, birmans, siamois, pégouans, khmèrs, malais, javanais, annamites, chinois, japonais, tibétains.

e. *Collection Borgia :* portulans, globes terrestres, documents géographiques; atlas et cartes chinois.

II. Archives du Vatican.

a. Documents relatifs aux affaires traitées sous le pontificat de Clément XI, en 265 vol. in-4°.

b. Mémoires, relations de voyage, rapports, lettres ayant trait aux Indes orientales, à la péninsule Malaise, aux Philippines, aux Moluques, au Siam, à l'Indo-Chine (Cambodge, Cochinchine, Laos, Annam, Tonkin), à la Chine, au Japon, au Tibet.

III. Archives de la Propagande.

Missions d'Indo-Chine, 20 vol. in-4°.

Marini, Storia del Tonchino.

Missions de la Chine, du Japon, du Tibet.

Indes orientales. Collection importante de mss sur l'Inde, l'archipel Indien, la Chine. Un itinéraire de Pékin à Moscou.

Un catéchisme en pégouan (mōn) par le P. Giovanni Percoto.

Relazione a Sua Santità delle cose dell'India orientale, del Giappone, della China, dell'Etiopia, dell'isola di San Lorenzo, del regno de Monomotapa e della Terra incognita Australe, per Cristoforo Borri, 1603.

[Le P. Borri est l'auteur de la *Relatione della nuova Missione delli PP. della compagnia di Giesù* dont il a été parlé plus haut.]

Liste de quelques mss. orientaux de la Vaticane.

a. *Manuscrits sanscrits et pālis.*

Abhidhammapiṭaka.

Kammavāca.

Dharmaçāstra.

Moggalāyana-vyākaraṇa-vutti.

Veda.

Suttanipāta du Khuddakanikāya.

Hemāṇṭasaṃkalpa.

b. *Manuscrits malais et javanais.*

كتاب يغ كدو درقد توراة موسى كريمن درقد صفا ابن ايوب البرداوى قد هجرة ١١٢١

Evangelium Matthei. Ex versione mallæa D. Melch. Leidekkeri. انجيل متى

Jus maritimum secundum constitutiones Regis Malæorum. ٢ اندغ در لاوت

Sultani Mahmoud.

Historia اين حكاية انق چرتر درڤد راج سم نماث راج بسف ويراج regis sia mensis Razja Bisfa Wirazja et conjugis ejus reginae Poutri Comala Kisna...

Lexicon malaïco-belgicum confectum in India a C. Muttero. XVIIIe siècle.

Dictionnaire malais-hollandais, suivi d'une grammaire arabe expliquée en malais.

Vocabulaire javanais-hollandais, XVIIIe siècle.

Calendrier arabe et javanais.

Elementa linguae javanae. Commencement du XVIIIe siècle.

Psalmi David lingua et rhythmo Malaico. زبور داود

Lexique javanais-hollandais en pegon (= javanais en car. arabes).

c. *Manuscrits annamites.*

Dictionnaire annamite-portugais du XVIIe siècle.

Muc duc Truyện báth Ànna.

Truyện Anam Dàng Ngoài

Đoan thú nhất. Dang trao là dất Champa.

Sách Sô sang chép các việc.

Truyện Oŭ thánh Panchicô de Borja.

Truyện Oŭ thánh Ignacio.

Truyện Oŭ Thánh Ph[co] Xavier

Nhật trình kim thu' khất chinh Chúa giáo. Cǔyên thu' nhật.

Sách gu'o'ng truyện...

Mục lục sàch này.

Tu'a khuyên su' xem lễ Missa. — Quốc ngũ' et car. chinois.

Truyện nhật trinh oŭ Fernão Mendes Pinto.

Une lettre du roi, du Tonkin (XVIIe s.), sur plaque d'argent, car. chinois, 27 × 55 centimètres.

Copie du dictionnaire d'Alexandre de Rhodes.

Encyclopédie religieuse en annamite. — Car. chinois.

Rituel annamite-portugais-latin. — Quốc ngũ' et car. chinois.

Mapa do mundo. Avec des notes en annamite.

Vie des saints. En annamite, car. chinois.

d. *Manuscrits siamois et khmèrs.*

Acte de foi en siamois (texte, transcript., trad. lat.), 1673.

Traités de morale; fascicules séparés de traités religieux sur olles.

e. Arte de [en surcharge : la pratica de la] lengua Japona que ira por los partes de la oraçion, conuiene a saber n.[e], pron.[e], verbo participio, aduerbio, preposiçion, conjunçion, syntaxis. — 60 feuillets. Ecriture du XVIe siècle, papier japonais, encre de Chine.

Dictionarium japonicum. Ms. de 1606.

f. *Livres chinois.*

La Bibliothèque Vaticane possède un certain nombre de livres chinois sur lesquels je ne puis donner aucun détail.

Je ne voudrais pas quitter Rome sans émettre le regret et le vœu que j'ai été amené à y formuler. J'y ai vu, en effet, employé à l'imitation de l'Allemagne et de l'Angleterre, un procédé encore peu répandu chez nous où il a été inventé, qui consiste à remplacer par des photographies les copies à la main, lentes, onéreuses, sujettes à erreur surtout quand le déchiffrement d'un mot a fait hésiter sur place et laisse très incertain au retour pour le préciser loin de l'original.

Le procédé en question consiste, en gros, dans l'adjonction à un appareil photographique ordinaire d'un prisme et d'un châssis portant un rouleau de papier au bromure. Par une manœuvre facile, on obtient une image droite dont l'écriture apparaît directement sur le papier en blanc sur fond noir. En Allemagne, dit-on, les grands établissements scientifiques mettent, à titre de prêt, ce prisme et ce châssis à la disposition de leurs chargés de mission qui se procurent ainsi, vite et à peu de frais, toutes les copies dont ils ont besoin, copies d'une fidélité irréfragable. Je n'ai pas besoin d'insister non plus sur la valeur de ce procédé au point de vue de la description des raretés bibliographiques : une innovation semblable, qui donnerait à nos travaux plus de sécurité, constituerait une sérieuse économie en mettant fin aux coûteuses et peu sûres copies à la main.

Naples. — J'ai clos la série de mes investigations par Naples. Malgré les vacances, j'ai vu à la Bibliothèque nationale la série «delle edizioni rari e preziose che si conservano nella sala delle quattrocentine», et j'ai ainsi augmenté ma bibliographie des relations et récits de voyages italiens.

Le «Catalogo degli opusculi» m'a donné aussi le loisir de voir plusieurs petites pièces introuvables, notamment sur la visite des ambassadeurs japonais à Grégoire XIII en 1585.

J'ai réuni encore à Naples les éléments d'une étude sur l'ancien «Collegio dei Cinesi», devenu «Collegio asiatico» et maintenant «Istituto orientale».

Tels sont, Monsieur le Ministre, les résultats de ma mission en

Italie. J'ai pu y compléter les documents relatifs à l'annexion du Cambodge tentée au XVIe siècle par l'Espagne et déjà recueillies dans les archives espagnoles et portugaises. Quand l'enquête aura été encore poursuivie en Angleterre et en Hollande, il est probable qu'on aura une solide documentation sur l'état de ce pays et de ses plus proches voisins à une époque aussi tourmentée que mal connue jusqu'alors.

De plus, il m'a été possible en Italie d'élargir le champ de mes recherches ainsi que le sujet de mon étude qui me conduira maintenant, je l'espère, à esquisser une histoire de l'Indo-Chine — je ne m'aventure pas à dire encore de tout l'Extrême-Orient — considérée dans ses rapports avec l'Europe. Pour cette raison, je n'ai cru devoir négliger aucune des relations de cette même Europe avec les pays asiatiques circonvoisins de l'Indo-Chine, car un lien étroit unit toutes les tentatives qu'elle fit dans l'une comme dans les autres. J'ai tenu encore à signaler les richesses en livres ou manuscrits chinois, japonais, langues indiennes, rencontrées sur ma route, persuadé que je pourrais peut-être rendre ainsi service aux érudits compétents.

Veuillez agréer, Monsieur le Ministre, l'hommage de mon profond respect.

www.ingramcontent.com/pod-product-compliance
Ingram Content Group UK Ltd.
Pitfield, Milton Keynes, MK11 3LW, UK
UKHW020531230726
13925UKWH00005B/2270